AF233517

SATYRE
DES MŒURS
ET DES ABUS DU TEMS.

A MADAME DE ***

Q UOY! *vous voulez icy qu'en dépit de*
Minerve
Je faſſe une Satyre, & je force ma ver-
ve?
Et que, ſans le ſecours du genie & de l'art,
J'écrive par caprice, & je parle au hazard?
Vous, qui ſans offenſer pouvez railler & rire,
Et qui ſçavez blâmer & glozer ſans médire;
Qui ne pouvez ſouffrir ni vices, ni defauts,
Et qui leur arrachez leurs maſques vrais, ou faux.
** * * dont le goût peut ſervir de modele,*
Donnez-moy vôtre eſprit en m'offrant vôtre zele,

A

Et lorsque vous voulez que je n'épargne rien,
Prêtez-moy vôtre ftile, & je renonce au mien.
  Je me mêle fouvent de parler & d'écrire ;
Mais n'ayant pas vôtre art de blâmer fans médire,
Je fais grace aux defauts, & par bonne raifon
Je me mets à l'abri de la comparaifon.
Un cenfeur fe l'attire, & l'on ne manque guere
D'ajoûter fes vrais traits aux portraits qu'il fçait faire.
La loy du reciproque entraîne qui médit
Au defaveu honteux de tout ce qu'il a dit.
Qui choque fe dément, & l'efprit fatyrique
Flate qui lui répond, & craint qui lui replique.
Ce caractere eft bas, & l'on voit tout railleur
S'élever par l'efprit, & tomber par le cœur.
Critique qui voudra, je fuis toute fatyre ;
Et j'aime encore mieux trop loüer que médire.
  Bourdaloüe & Gaillard, la Ruë & Maffillon,
Pour attaquer le vice ont une Miffion.
Ainfi que Juvenal dans la fuperbe Rome,
Defpreaux dans Paris a dévelopé l'homme.
Moliere, par un art admiré des fçavans,
A joint le ridicule aux abus de fon tems.
La Bruyere, prenant le ton de Theophrafte,
A caracterifé les mœurs & leur contrafte ;
Et la Rochefoucault, maître de fes couleurs,
A peint de tous leurs traits les efprits & les cœurs.
  A ces hommes fameux, à ces rares genies,
Les talens affortis, les graces réünies,
Les droits de l'éloquence & de l'autorité
Donnent le même ton que prend la Verité.

5

Mais pour moy de quel droit critique temeraire,
Iray-je m'expliquer sur ce que je dois taire?
Quel pouvoir m'autorise au gré de mon dépit,
A noircir ce qu'on fait, ce qu'on veut, ce qu'on dit?
Et de quel droit enfin iray-je dans ma bile
Satyriser la Cour, & critiquer la Ville?
La raison le veut-elle, & la Religion
Peut-elle me livrer à cette passion?

Ne croyez pas icy, que d'un stile à la mode,
Des Tartufes du tems j'emprunte la méthode,
Que nommant tout, comme eux, du nom de charité,
Je sois humble par gloire, & saint par vanité.
Philosophe Chrétien, dans mon vray caractere,
Je fuis tout ce qui sort de la route ordinaire,
J'excuse, je pardonne, & je suis complaisant,
Et si j'étois, comme eux, je serois médisant.
Je ne veux estre en rien, comme ces gens du monde,
De qui la pieté sur l'interest se fonde;
Qui sacrifiant tout à leur ambition,
Calculent le produit de leur devotion.
Telles gens font horreur, & toute ame bien née
Trouve pour les noircir sa bile trop bornée.
Je vais les entreprendre, & de tout mon pouvoir
Les arracher au vice, & les rendre au devoir.
Sur ces indignes mœurs s'il faut parler, écrire,
J'accepte le parti, j'adopte la satyre;
Et répandant mon fiel sur toutes ces noirceurs,
J'ajoûteray leur ombre à vos douces couleurs.

Je m'apperçois déja que ma bile s'enflame.
L'horreur du faux, du bas, se ralume en mon ame;

Et déja, comme vous, prenant un ton plus haut,
Je ne tolere plus ni vice, ni defaut.

Nous sommes nez Chrétiens ; soyons ce que nous sommes.
Ne mentons point à Dieu, n'imposons point aux hommes.
Dieu ne s'y trompe pas, & les hommes entre eux
Y donnent une fois, & n'y donnent pas deux.
On ne voit pas long-tems triompher l'artifice ;
Le vray détruit le faux, & la vertu le vice ;
Rien ne peut nous cacher aux yeux de l'Immortel,
Quittons au moins le masque en venant à l'Autel.

On se trompe soy-méme en abusant les autres ;
Nous voyons les defauts de qui reprend les nôtres.
Menedor nous instruit, il parle bien de Dieu,
Il cite à tous propos saint Paul & saint Mathieu,
Ses discours sont remplis du sens de l'Ecriture ;
Mais il soûmet sa vie aux regles d'Epicure.

Dorilas, à l'entendre, a le cœur tout Chrétien ;
Mais il trompe en escroc, & se venge en Payen.

Ne sçait-on pas assez que Corinne & Florice
Tirent de leur vertu le masque de leur vice.
Coquettes à Paris, devotes à la Cour,
Elles changent de vie en changeant de séjour ;
Leur fard sur tous leurs traits avec art se ménage,
Mais leur cœur se découvre en masquant leur visage.
On en sçait l'artifice, on en voit le débris ;
Que leur en revient-il ? leur honte & nos mépris.

Tout le matin au Temple Ariane édifie ;
Mais elle est d'une humeur que rien ne justifie.
Elle insulte, querele, & médit en tout lieu,
Et se croit tout permis dés qu'elle a prié Dieu.

Dans

Dans l'un & l'autre sexe un indigne artifice
De la Religion fait l'excuse du vice.
L'hypocrisie éclate, & ses fausses couleurs
Sont le masque du front, & le poison des cœurs.
La sainte Verité, dans les ames tracée,
N'offre plus à nos yeux qu'une image effacée.
Tout est faux, tout est double, & l'on ne connoît plus
Ni coûtumes, ni loix, ni vices, ni vertus.
    Je laisse prendre icy son essor à ma verve.
Je peins, & ce n'est plus en dépit de Minerve.
Elle m'instruit, m'inspire, & me preste des traits,
Qui vont rendre naïfs mes plus hardis portraits.
Pour blâmer & médire, il faut trop me contraindre.
Je critique avec peine, & je me plais à peindre.
Diogene en plein jour, la lanterne à la main,
Demandoit un seul homme à tout le genre humain.
Moy je suis Philosophe, & ne suis point Cynique.
Je vois des gens de bien, l'homme n'est pas unique;
J'en connois un bon nombre, en qui gloire & pouvoir
Soûmettent la grandeur à l'amour du devoir.
Telephon & Tarcis sont puissans, droits & justes;
On a des Agrippa, quand on a des Augustes.
Mais il faut l'avoüer, en fait d'hommes parfaits,
Qui veut les peindre tels, ne fait pas des portraits.
    Dans l'Egypte autrefois, dans la Gréce, & dans Rome,
On reprochoit le vice & le desordre à l'homme;
Et dans le tems passé, comme dans le present,
On le croyoit injuste, avide, & médisant.
Se plaignoit-on alors, qu'affectant du merite,
Il cachât ses defauts sous un masque hypocrite;

Et que se démentant dans ses divers états,
Il se montrât par tout, tout ce qu'il n'étoit pas ?
Mais l'homme parmy nous à luy-même contraire,
N'est rien de ce qu'il est, & n'est qu'une chimere ;
Un composé confus d'orgüeil, de fausseté :
Son bien n'est pas à luy, son nom est emprunté.

    Tel se fait Magistrat, qui malin & severe,
Est moins juge en jugeant, qu'ennemi mercenaire.
Abusant d'un pouvoir qu'il ne doit qu'à son bien,
Il croit le meriter, quand il l'achete bien ;
Et promt à se venger, lent à rendre justice,
Il porte chez Thémis la haine & l'avarice.
Se cherche le premier dans ses propres Arrêts,
Ne peze le bon droit qu'après ses interêts ;
Et sur quelques raisons que l'on puisse l'instruire,
Croit qu'un bon Magistrat, pour bien juger, doit nuire

    Le Financier, comblé dans sa prosperité,
Regarde avec mépris l'homme de qualité,
Se croit du même aloy que l'or de sa finance,
Trouve dans ses trésors & merite & naissance ;
Donne dans le grand goût, peze sur le grand air,
Efface par son train celuy du Duc & Pair ;
Couvre d'or ses lambris, ses meubles, son cortége,
Etablit son credit sur tout ce qui l'abrége ;
Prend pour son propre fonds les dépôts du Public,
Les employe en dépense, & les met en trafic ;
Les preste, les répand, les donne, les prodigue ;
Conte que son pouvoir le tirera d'intrigue ;
Et ne se souvient plus, que ses derniers parens
N'ont acquis leur grandeur, qu'en servant chez les Grands.

Le Jeune homme de Cour prend pour pedanterie
Tout difcours qui n'eft pas fadeur, ou raillerie ;
Méprife tout fçavoir, &) dans ce qu'on lui dit,
Croit, qu'en parlant en fot, on eft homme d'efprit,
Et qu'il faut dans le monde, ainfi qu'à la ruelle,
Preferer au bon fens l'efprit de bagatelle ;
Parler étourdiment ; &) fans réflexion,
Railler, mentir, médire à bonne intention,
Et pour autorifer la fade raillerie,
Payer par tout les frais de la plaifanterie.
Par ce beau caractere, où rien n'eft foûtenu,
Il neglige fon nom, comme fon revenu.
Tout foin de l'avenir l'ennuye &) l'importune,
Il fait rire, c'eft-là fa gloire & fa fortune :
Il veut être plaifant, c'eft fon ambition :
Il raille, infulte, rit : c'eft fa profeffion,
Et prenant d'un boufon le gefte & le langage,
Il copie Arlequin, & fe fait fon image.

Le Courtifan heureux, troublé de fa faveur,
Balance fon merite au poids de fon bonheur.
Ebloüi de fon fort dans un orgüeil extréme,
Il croit nous aveugler en s'aveuglant luy-même ;
Occupé du prefent &) d'un long avenir,
Il bannit du paffé jufques au fouvenir.
Parens, amis, devoirs, égards, tout l'importune.
Il a changé de cœur en changeant de fortune.
Il ne fe connoît plus, & connoît encor moins
Tous ceux dont l'amitié foulageoit fes befoin.
Infupportable à tous, à luy-même contraire,
Il perd tous fes amis, & ne fçait plus s'en faire.

Sa faveur lui suffit ; c'eſt auſſi tout ſon bien,
C'eſt par-là qu'il eſt grand, de luy même il n'eſt rien.

L'indiſcret Petit Maître, auſſi dupe qu'avide,
Embraſſant ſes amis, ouvre une bourſe vuide,
Achete ſes plaiſirs aux dépens de leur bien,
Prodigue de grands fonds qui ne luy coûtent rien,
Et la bourſe à la mäin, il tourne en ridicule
L'eſpoir trop reculé du creancier credule.

Le bel eſprit jazeur, fertile en beaux diſcours,
Ne veut jamais rien faire, & veut parler toûjours.
Joüiſſant, pour tout bien, des fruits de ſa pareſſe,
Il mendie un ſecours au beſoin qui le preſſe :
Il devient paraſite, importun, & railleur,
Et fait un jeu d'eſprit des deſordres du cœur.

Pour nos petits colets, faut-il que je deſigne
Ce que de leur état ils ont de plus indigne.
Je parle icy de ceux, dont la vocation
Fait voir plus d'intereſt que de Religion,
Et qui, dans les travers, dont leur conduite abonde,
Se conſacrent à Dieu pour vivre en gens du monde.
Chacun d'eux eſt Abbé ; ce terme eſt déplacé,
Aujourd'huy bien profane, & ſaint par le paſſé ;
En eux ce beau nom tombe, & rien ne l'autoriſe.
C'eſt par leur revenu qu'ils tiennent à l'Egliſe.
Ils prennent ſur l'Autel, au gré de leurs deſirs,
De quoy donner au luxe, & fournir aux plaiſirs.
Diſſipez, répandus, parcourant les ruelles,
Ils ſuivent nos Cloris, & ſont plus femmes qu'elles ;
Promenent en public, aux yeux des gens de bien,
D'une main une belle, & de l'autre ſon chien,

Et

Et courent enrichir quelque indigne Cephise
Des mêmes revenus qu'ils volent à l'Eglise.
    Mais épargnons icy le sexe féminin.
Ne parlons point d'Abbez, de tabac, ni de vin;
Ne faisons pas, sur tout, le procez à ces Dames,
Qui le verre à la main ont honte d'être femmes;
Et de nos libertins prenant le train honteux,
Se piquent de fumer & de boire comme eux.
Laissons-les s'amuser avec leur tabatiere;
C'est un petit joüet, un air, une maniere:
Mais leur pipe à la bouche, & leur tabac au nez,
N'est pas d'un grand ragoût à des amants bien nez;
Et le soin empressé de vuider les bouteilles,
Ne les fait pas passer pour de jeunes merveilles.
Leur feu dans un repas, leur goût pour les liqueurs
En enflâmant leurs yeux refroidissent nos cœurs.
Pour le tabac, disons-le, une jeune personne
Soûrit quand elle en prend, & plaît quand elle en donne;
Il lui sert de prétexte, en ses airs obligeans,
A faire quelque avance en prevenant les gens;
On en refuse à l'un, on en accorde à l'autre;
Un choix qui ne dit rien semble exiger le nôtre.
Le tabac s'offre au nez, la belle s'offre aux yeux,
On rit, on dit un mot, on répond, on fait mieux,
On présente le sien, on l'offre, on le compare,
La complaisance s'ouvre & le cœur se declare,
On parle des plaisirs & des amusemens,
Et du goût du tabac on vient aux sentimens.
La déclaration, qui se fait la premiere,
N'est aujourd'huy le fruit que d'une tabatiere;

C

Et telle à qui l'on tient cent propos douceureux,
N'eût pas eu sans tabac un regard amoureux.

Les *vieilles* à leur tour, suivant cette méthode,
En tirent le sujet d'une avance commode ;
Se donnent, par un art qui paroît ce qu'il est,
Les manieres, les airs, & le teint qu'il leur plaît ;
Et cedant à leur sort de parler les premieres,
En offrant du tabac donnent des tabatieres.
Tabac des plus exquis, & tabatieres d'or
Sont en ce siecle un fonds qu'on appelle tresor.
Il en faut ; jeunes gens aiment qui leur en donne ;
Des dons aussi cheris font aimer la personne.
Les femmes à cet âge achetent les galans.
Cet abus est un vice, & ce vice est du tems.
Nous n'y changerons rien, la these est generale,
Qui néglige les mœurs renonce à la morale.

Le siecle est bien gâté : les travers des esprits
Passent comme un venin des peres à leurs fils,
Des freres à leurs sœurs, des meres à leurs filles ;
On herite du vice en certaines familles.

Trasidor a du bien, un titre & quelque nom ;
Il dit par tout qu'il est de fort bonne maison ;
Son pere eut comme lui tous les vices ensemble ;
Peut-on être surpris que son fils lui ressemble ?

Persis a moins d'esprit & plus de vanité,
Il prend sans nul credit un ton d'autorité,
Il ne ménage rien & n'épargne personne,
Son fils fait comme lui, d'où vient qu'on s'en étonne ?

Lize aime les plaisirs : le vin, le jeu, l'amour
Regnent toûjours chez elle, ensemble, ou tour à tour,

C'est par-là qu'elle instruit *&* son fils *&* sa fille,
Tous les trois ont aussi ces vertus de famille.

   Ne mettons pas si fort tels exemples au jour.
On ne nomme que trop les masques à la Cour:
N'allons pas hazarder, dans une humeur caustique,
Ces traits envenimez qu'on place, ou qu'on applique.
Efforçons-nous d'instruire & craignons d'offenser.
Nous avons bien assez de quoi nous exercer,
Et sans avoir recours à la foy des exemples,
Les mœurs pour critiquer sont sujets assez amples.
Attaquons seulement ces defauts odieux,
Qui blessent la raison & qui choquent les yeux,
Cet esprit déplacé, cette chimere vaine,
Qui fait que l'homme court où son orgüeil l'entraîne.
   Chacun passe sa sphere & sort de son etat.
L'Huissier s'érige en Juge & fait le Magistrat.
L'Officier du Palais, amphibie, équivoque,
Est de robe & d'épée, il se masque, il se troque.
L'Artisan employé veut passer pour Bourgeois.
Le Bourgeois peu content prend un nom de son choix:
Et pour se soûtenir dans toutes leurs figures,
Les hommes sont trompeurs, scelerats & parjures.
   On ne voit que des cœurs perfides, faux, cachez,
Aux plus bas interéts lâchement attachez:
Des cœurs qui dans leurs soins n'aspirent qu'à surprendre,
Ou l'amour trop credule, ou l'amitié trop tendre,
Qui se font un métier de vivre en imposteurs,
Qui méprisent les loix, les usages, les mœurs:
Et jusques sur l'Autel soûtenant l'imposture,
Osent déshonorer la grace & la nature.

Egards de bienséance , &) devoirs de raison.,
font façons du vieux tems , vertus hors de faifon.
Tout ce que les états veulent de difference ,
Se perd dans les dehors d'une égale opulence.
Les diminutions de rang , de nom , de bien ,
Ne retiennent perfonne & ne reforment rien.
Chacun à fon portrait donne la même niche ,
Le pauvre eft habillé fouvent mieux que le riche;
L'Huiffier a fon parquet comme le Prefident.
Le Duc n'eft pas meublé mieux que fon Intendant.
Le Comte & le Marquis le difputent au Prince.
Le luxe fe faifit du Bourgeois le plus mince ;
Et le Potier d'étain , s'il n'eft pas indigent ,
Ne fçauroit plus manger qu'en vaiffelle d'argent.
   Tout a pris dans Paris une face nouvelle.
Le Bourgeois de fa table a banni la chandelle ;
Sa femme en a profcrit chez elle jufqu'au nom ;
La Duchesse luy fert de regle en fa maifon ;
Attendant quelque titre où fon orgüeil afpire,
Elle fe couvre d'or, & brûle de la cire ;
Prend des airs de grandeur, jouë, & donne à manger,
Son mary qui le voit, croit que c'eft ménager :
Il luy voit acheter mille meubles frivoles,
Pendules & Bureaux , Pagodes & Confoles :
Elle en a bon marché , dit-il : mais fçait-il bien
Que tout n'eft que trop cher dés qu'il ne fert de rien ?
   Pour le jeu, c'eft un air reçû dans les familles,
Les meres aujourd'hui l'apprennent à leurs filles :
Sur cette autorité , les filles à leur tour ,
Rapportent de leur jeu moins d'argent que d'amour:

Et

Et la neceſſité d'avoir des tiers à l'ombre,
Leur permet des galans & le choix & le nombre ;
Et pour en trop avoir, & les ménager tous,
En gagnant les amans, elles perdent l'époux.
    Mais ſortons de Paris, & voyons ce que gagne
Un bon Bourgeois qui dit : Ma maiſon de campagne.
Il y paſſe l'Eſté, ſes amis le vont voir.
Il faut les regaler pour les bien recevoir.
Samedy bon poiſſon, & bons ragoûts Dimanche,
Pigeons, poulets, perdreaux accompagnent l'éclanche ;
Le fruit n'y coûte rien, il vient de ſes jardins,
Reims & Bonne ont fourni ſa cave de bons vins.
Au coin du petit bois une bonne glaciere
Ajoûte le delice à cette chere entiere.
La glace y fait briller les vins & les liqueurs.
Qu'a-t-on encor de plus chez les plus grands Seigneurs ?
La maiſon, bien bâtie & richement meublée,
Offre mille reduits à la noble aſſemblée.
Icy ſalons ornez, là jolis cabinets,
Tric-tracs, Ombres, Billards, Báſſete, Lenſquenets,
Perſpectives, Cadrans au dehors des murailles.
Mon Bourgeois a-t-il tort de dire : Mon Verſailles ?
Faites joüer, dit-il, les eaux de mes jardins.
Cinq ou ſix lignes d'eau partent de trois baſſins.
On ſe récrie, on cite Apollon & Latonne,
Qui s'y connoît en rit, & mon Bourgeois y donne.
Les trois Fontaines, tout, entre en comparaiſon,
Et l'on cite Marly, Verſailles, & Meudon.
Le ſoir dés qu'il fait frais, l'hôteſſe gracieuſe
Fait voir ſes Orangers à la bande joyeuſe.

D

On se promene, on trouve un joly pavillon :
J'ay fait, dit-elle, icy, mon petit Trianon ;
Si Monsieur y vouloit faire un peu de dépense,
J'en ferois le bijou le plus joly de France.
Icy, plaisirs nouveaux, grands rafraîchissemens,
On y sert les liqueurs au bruit des instrumens :
Messieurs, dit le mary, remercions Madame,
C'est, je le dis par tout, une royale femme ;
Voilà comme elle en use, & quand je suis icy,
J'y suis toûjours de même, & mes amis aussi.
On boit à leur santé, chacun les félicite,
La dépense est par tout un genre de merite.
Telles gens sont d'humeur à la pousser à bout ;
Mais une banqueroute est un remede à tout.

Vous voyez *** *que dés qu'on veut tout dire,*
On trouve assez dequoy fournir à la Satyre ;
Et pour mon coup d'essay, je vous fais assez voir
Qu'en fait de critiquer, on n'a qu'à le vouloir.
La raison me retient ; car sans cela, peut-estre,
Ajoûterois-je icy ce qui n'y doit pas estre.
Tant d'abus differens frapent de tous côtez,
Que qui dit ce qu'il voit, dit trop de veritez.
Une femme d'esprit, pourvû qu'elle s'en moque,
Croit se venger assez de tout ce qui la choque ;
Mais tout homme sensé voit tout, & le sent bien,
Et plus sage, il tolere, endure, & ne dit rien.
Sa conversation brille moins, je l'avouë,
On est vif quand on blâme, & fade quand on louë.
Vous me le reprochez, je le croy comme vous ;
Mais je veux estre sage, assez d'autres sont fous.

D'ailleurs finiroit-on, si de ce même stile
On vouloit refacer (&) la Cour & la Ville?
Pour peu qu'on soit du monde, on trouve à chaque pas,
Des sots de qualité, des grands Seigneurs ingrats;
Des gens à tous devoirs opposez (&) contraires,
Des devots relâchez, des coquettes austeres;
Des Marchands usuriers, des Juges chicaneurs,
Toute sorte d'esprits, d'humeurs, & point de cœurs.
On ne se pique plus d'estre bon, d'estre juste.
Tous Mécénas sont morts à la Cour d'un Auguste.
Le plaisir de servir, le charme d'obliger,
Sont termes de pedans & d'un goût étranger.
LOUIS aime les Arts, les talens, les sciences;
Ses graces, ses bienfaits suivent ses preferences;
Mais peut-il voir luy-même, (&) de ses propres yeux,
Parmy tant de sujets ceux qui valent le mieux?
D'Apollon, de Pallas il est la vive image.
Tout chef-d'œuvre luy doit son prix, ou son ouvrage;
C'est Auguste en un mot, mais dans tous ses états,
Parmy tant de Héros nous cherchons Mécénas.
Quelqu'un s'empresse-t il à servir le merite?
Qui le peut s'en excuse, & qui le doit l'évite.
Tel s'offre & se promet, qui cachant ses ressorts,
Va détruire au dedans ce qu'il fait au dehors.
Parlons en général, & confessons que l'homme
N'est plus ce qu'il étoit dans la Gréce & dans Rome.
L'ambition bannit la droiture du cœur,
Et l'intérest a pris la place de l'honneur.
    Je souffre le premier tous les coups les plus rudes
Des noires trahisons & des ingratitudes.

J'ay ménagé des cœurs conftans à me trahir,
Je ne puis les aimer, ni ne fçay les haïr ;
Et de peur de chanter une palinodie,
Je me tais fur mes maux, & fur leur perfidie.

De quoy me ferviroit, ardent à me venger,
D'attaquer des defauts qu'on ne peut corriger ?
Qui joint quelque intéreft à beaucoup de malice,
Ne fçait pas préferer la raifon au caprice.
Les defauts naturels regnent par tant d'appas,
Que l'on ne fe défait que de ceux qu'on n'a pas.
On prêche dans Paris, on inftruit, on dirige,
Voyons nous pour cela quelqu'un qui fe corrige ?
Ne vit-on pas de même ? & malgré tant de foins,
Les hommes trompent-ils, & fe mafquent-ils moins ?
Croyez-moy * * * quittons toute cenfure.
La grace feule peut reformer la nature.
Si les hommes font faux, perfides, fcelerats,
Ce que nous en dirons ne les changera pas.
Appuyons fur l'exemple, & reprenant les autres,
Ne citons pas leurs mœurs, pour excufer les nôtres ;
Ne nous expofons pas au reproche honteux
De ces mêmes defauts que nous blâmons en eux.

PErmis d'imprimer. Ce 10. Mars 1702.
M. DE VOYER DARGENSON.